O COVEIRO

Edgar J. Hyde

Ciranda Cultural

O COVEIRO

Edgar J. Hyde

Dados Internacionais de Catalogação na Publicação (CIP)
(Câmara Brasileira do Livro, SP, Brasil)

Hyde, Edgar J.
O coveiro / Edgar J. Hyde ; [tradução Silvio Antunha].
– Barueri, SP : Ciranda Cultural, 2015. – (Hora do Espanto)

Título original: The Gravedigger.
ISBN 978-85-380-6335-3

1. Ficção juvenil I. Título. II. Série.

15-02259 CDD-028.5

Índices para catálogo sistemático:

1. Ficção : Literatura juvenil 028.5

1ª Edição
2ª Impressão em 2016
www.cirandacultural.com.br

Sumário

Capítulo 1

A cada nova trovoada, a sombra de Jamie era projetada contra a parede. Os raios iluminavam o quarto dele por uma fração de segundo, antes que o manto de escuridão cobrisse mais uma vez o ambiente. Lá fora, o vento frio da noite rodopiava em torno do cemitério, uivava no meio das lápides e percorria as velhas trilhas gastas que passavam pelas árvores até a casa no pé da colina.

Dentro da casa, o breu era total. A tempestade havia danificado a rede de energia duas horas antes, deixando Jamie; Paula, a irmã mais nova do garoto; e Andrew, o pai, tateando às escuras pela casa nova, tropeçando em caixas fechadas. Como sempre acontece nessas circunstâncias, eles tentavam dar sustos de arrepiar uns nos outros.

Jamie parou no início da longa escada em espiral que levava aos quartos no andar de cima. Ele ouviu alguma coisa se arrastar para lá e para cá, rangendo as tábuas do assoalho sem mobília no quarto do pai.

"Deve ser o pai..." – ele pensou. "A Paula é leve demais para fazer esse barulho, mesmo em um cômodo sem móveis."

Lentamente, começou a subir os degraus, esperando encontrar Paula adiante. Ele tinha uma ideia de onde o pai estava, mas Paula podia estar escondida em qualquer lugar: dentro de um armário, atrás de uma cortina, debaixo da cama... pronta para atacar.

Nesse momento, a tempestade lá fora piorou. Jamie passava perto da janela quando o clarão de outro relâmpago iluminou a escada e um vulto alto e escuro que se arrastava nos degraus atrás dele. Jamie continuou a subir os degraus, sem perceber o fantasmagórico intruso que flutuava atrás dele. Quando chegou ao topo da escada, ele parou um segundo para pensar, espreitando com cuidado.

O Coveiro

A porta do quarto do pai estava entreaberta, mas não o suficiente para Jamie ver o lado de dentro. Conhecendo sua família como conhecia, ele sabia que alguém dentro do quarto o esperava para assustá-lo gritando escandalosamente.

Então, Jamie ouviu uma respiração. Ele virou-se rapidamente e viu... a escuridão. O vulto alto, escuro e ameaçador que flutuava atrás dele nos degraus havia desaparecido. A casa inteira estava em silêncio, um silêncio sinistro.

O rangido da porta do banheiro quebrou o silêncio e, num segundo, Jamie correu para o quarto de sua irmãzinha, deixando a porta um pouco aberta para continuar a ver o lado de fora.

Então, ele viu o vulto alto e esguio que o acompanhava furtivamente desde o andar de baixo passar pela porta do banheiro, virar e seguir pelo corredor em direção a ele.

O homem vestia uma longa capa preta e usava o cabelo penteado para trás, e seus dentes brilhavam à luz da lua sempre que ele passava por uma janela.

Antes que ele chegasse ao quarto do pai, a porta se abriu, fazendo surgir um rosto familiar. Era Paula.

O homem misterioso se esgueirou pelo corredor em direção a ela. Paula, alheia ao que estava acontecendo diante de seu nariz, saiu do quarto e seguiu pelo corredor na ponta dos pés.

De trás da porta do quarto de Paula, Jamie observava tudo, e o coração dele batia cada vez mais rápido. O homem se aproximava cada vez mais. De repente, Paula parou.

O quarto de Jamie ficava exatamente do lado oposto do corredor. Paula abriu a porta com todo cuidado (o que era bem difícil, pois a porta rangia alto ao menor movimento), entrou e fechou a porta.

Jamie conseguia ouvir seu coração bater forte enquanto observava o vulto escuro pairar do lado de fora da porta com sua longa capa preta e seus reluzentes dentes brancos. Jamie podia jurar que aquele vulto era um vampiro.

O vampiro esperou algum tempo, atravessou a porta e seguiu Paula. Jamie saiu do quarto dela, foi para o corredor, respirou fundo e se preparou para atacar.

Ele sabia o que precisava fazer.

– Um, dois, três – ele contou, correndo o mais rápido que suas pernas permitiam, e jogou-se contra a porta...

– Aaaahhhhh! – ele gritou enquanto corria direto para o meio do quarto.

– Uuuááááááá!!!

Seis vozes diferentes gritaram para ele! Jamie olhou ao redor. Seu pai, Andrew, estava em pé ao lado de Paula. Os dois estavam acompanhados de um vampiro, uma múmia, um lobisomem e um homem que carregava a própria cabeça embaixo do braço... E todos riam muito. Jamie olhou para eles e explodiu em gargalhadas também.

Bem-vindos ao lar da família Price.

Os Price não são uma família normal. Famílias normais geralmente se assustam com fantasmas. Mas os fantasmas não assustam

Jamie, nem a irmã nem o pai dele. Na verdade, existem alguns que são mais do que amigos dos Price. Eles fazem parte da família!

É o caso do conde Félix, um vampiro singular que detesta ver sangue, tampouco suporta o gosto; da Múmia, que em várias ocasiões encantou Jamie e sua família até tarde da noite com suas histórias sobre o Egito Antigo, e que os diverte ainda mais sempre que se enrosca em suas faixas.

Há também o Wolfie, o único lobisomem vegetariano do mundo. Toda vez que se olha no espelho, ele sai correndo apavorado. E o último, mas não menos importante, é Lex Killon, um honrado cavalheiro que estava no Titanic quando o navio afundou. Agora, Lex carrega a própria cabeça embaixo do braço e cospe água do mar acidentalmente toda vez que abre a boca.

Juntos, eles são os únicos quatro fantasmas que Jamie, seu pai e sua irmã não sepultaram. Não apenas porque são bons amigos, mas porque ainda ajudam Andrew, o pai de

Jamie, a ganhar a vida escrevendo livros de suspense e terror.

Não basta ter capacidade psíquica de ver fantasmas para escrever boas histórias de terror. O pai de Jamie confia em seus quatro fantasmas camaradas para obter todas as informações necessárias sobre fantasmas de verdade e o que os torna marcantes. É isso que deixa os romances de Andrew Price tão bons, tenebrosos e reais.

Na verdade, foi por essa razão que o pai de Jamie comprou uma casa no meio do cemitério, apesar da oposição de Jamie e Paula: para sua própria inspiração. Embora não tenham medo de fantasmas, Jamie e Paula perceberam que, assim que os novos colegas de escola soubessem que eles moravam num cemitério, passariam a vê-los como estranhos ou assustadores. Mas, claro, o pai deles é igual a qualquer pai: quando coloca alguma ideia na cabeça, não há nada que o faça desistir.

Sempre que Jamie ou Paula manifestavam seus receios ao pai, ele simplesmente sorria, dava uma piscadinha e dizia: "Confiem em mim", o que significava que tudo estava de acordo com o plano dele.

– Quase pegamos você, Jamie – disse o pai, alegre. Naquele momento, todos pararam e começaram a rir alto. Alguns, como Lex Killon, riam descontroladamente.

– Nada disso – retrucou Jamie. – Eu sabia que todos vocês estavam aqui. Eu só queria assustar vocês primeiro.

– Bem, você não me assustou nadinha. Acho que você deu um susto em você mesmo! – disse Paula.

O pai concordou:

– Verdade, Jamie, você também não me assustou. E você, conde Félix?

O conde Félix flutuava no meio do quarto e continuava rindo.

– Bem – ele disse –, como não teve nada com sangue, eu não me assustei nem um pouco.

– E você, Múmia? – perguntou Andrew.

– Não! – afirmou a Múmia, com a voz abafada. – Foi a coisa mais engraçada dos últimos 2 mil anos!

Jamie ficou um pouco frustrado. Ele sabia que não tinha ficado com medo, mas ninguém mais no quarto acreditava nele.

– Vocês não me assustaram – ele disse, tentando convencê-los. – E, Múmia, se essa foi a coisa mais engraçada dos últimos 2 mil anos, você deveria sair mais vezes.

As palavras mal saíram da boca de Jamie, e o quarto voltou a se encher de risos.

– É, Múmia, você precisa sair mais! – gritou Wolfie.

– É mesmo? – a Múmia respondeu. – Você é que precisa se olhar mais no espelho.

Todos no quarto estavam com o rosto vermelho e riam histericamente.

"Gostaria que faltasse luz todas as noites" – pensou Jamie. "É muito divertido."

Lá fora, o vento continuava a girar e rodopiar em torno do cemitério, e a chuva ainda castigava as janelas.

Dentro de casa, Jamie e os demais foram para o andar de baixo, ainda com o rosto vermelho de tanto rirem. Então, uma trovoada iluminou o cemitério, e um vulto alto e fantasmagórico surgiu de pé, embaixo de uma árvore no fundo do jardim.

Era Ebenezer Krim, o jardineiro do cemitério. Ele estava na chuva observando a casa fazia algum tempo, sem enxergar lá dentro por causa da falta de luz. Ficou ali parado, só de olho, sem rir, sem sorrir.

Capítulo 2

Com um forte baque, o pai de Jamie derrubou um livro na mesa, espalhando para todos os lados a poeira que estava entre as páginas. O barulho ecoou pelas altas pilhas de livros e pôde ser ouvido no outro lado da biblioteca.

– Silêncio! – disse o senhor sentado na mesa da frente, e essa não havia sido a primeira vez. Na verdade, era a quinta vez que Andrew fazia barulho. Da última vez, recebera um olhar irritado da bibliotecária para ser mais discreto.

– Perdão! – desculpou-se Andrew, olhando as outras mesas ao redor para ver se ninguém mais estava se incomodando com ele. Então, continuou a arrastar ruidosamente sua cadeira pelo piso de madeira.

Jamie e Paula se esforçaram para não rir. O melhor que Jamie conseguiu fazer foi colocar a mão na frente da boca, fazendo um barulho muito alto que mais parecia o ronco de um porco, o que provocou mais um pedido de silêncio do homem na outra mesa.

– Vocês dois, fiquem quietos. Estão fazendo barulho demais! – repreendeu Andrew.

– Nós devemos ficar quietos? – perguntou Paula, incrédula. – Foi você quem levou bronca pelo barulho que estava fazendo.

– Não levei bronca – retrucou o pai. – Estava tendo uma conversa de adultos com a bibliotecária. É o que os adultos fazem.

– É verdade, Paula – emendou Jamie. – O papai estava tendo uma conversa de gente grande com aquela senhora.

– Obrigado, Jamie – disse o pai, mas, antes que ele continuasse, Jamie o interrompeu.

– Ela disse para ele calar a boca ou cair fora!

Não era preciso muito para fazer a Paula rir. O último comentário de Jamie não foi exceção, e ela foi forçada a dar gargalhadas, despertando a atenção de todos na biblioteca e causando um pedido de silêncio de outra mesa, o que resultou em um novo pedido de desculpas do pai.

– Quando podemos voltar para casa? – Jamie perguntou ao pai, quase implorando.

– Quando eu encontrar o que vim procurar – o pai retrucou, ríspido.

– Bem, o que você está procurando exatamente? – perguntou Paula, tentando parecer útil. Mas, assim como Jamie, ela também não via a hora de ir para casa.

– Estou à procura de algo suspeito sobre a nossa casa nova, algum registro de atividades de espectros, ou talvez detalhes de um passado fantasmagórico – disse o pai, fazendo o possível para deixá-los interessados. Então, Paula começou a prestar mais atenção.

– Acha que podem existir corpos enterrados na nossa casa?

– Nossa! Espere um pouco... – respondeu Jamie. – Nós moramos numa casa no meio de um cemitério. Sabe, Paula, acho que você pode estar certa. Acho que, se procurarmos bem, conseguiremos encontrar alguns corpos enterrados em algum lugar.

Paula odiava quando Jamie a fazia de boba, mas isso era algo que ele adorava fazer com a caçula sempre que tinha chance.

– Jamie, pare de zombar da sua irmã – o pai repreendeu-o, zangado. – Faça alguma coisa útil e comece a procurar nesses recortes de jornais antigos.

Jamie não queria, mas no fim resolveu ajudar, para voltar logo para casa.

As horas passaram rapidamente enquanto Jamie, o pai e a irmã pesquisavam em livros de História, fuçavam recortes de jornais e procuravam a história de algumas pessoas enterradas no cemitério. Foi tudo em vão. Nenhuma história pavorosa, nenhum registro de espectros, nada de histórias de fantasmas ou de assombrações. Nada.

O pai de Jamie fechou bruscamente o último livro, levantando poeira na direção de seu nariz. Ele tentou se segurar, mas o espirro escapou pelo ar frio da biblioteca. Jamie e Paula estavam dormindo com a cabeça na mesa, pois já tinham desistido de encontrar algo minimamente fantasmagórico.

– Jamie, acorde – o pai chamou, tentando sussurrar um grito.

Jamie levantou a cabeça e, com o cabelo amassado de um lado e com os olhos entreabertos, murmurou:

– O que foi? O que você descobriu?

– Nada – foi a decepcionante resposta do pai. – Já está na hora de voltar para casa. A biblioteca está fechando.

Jamie sacudiu Paula para acordá-la. Ela estava tão cansada que nem sentiu nada. Muito pelo contrário, só virou a cabeça para o outro lado, soltando um rosnado alto enquanto Jamie insistia em sacudi-la e puxar o cabelo dela. Por fim, ele conseguiu trazê-la de volta derrubando uma enciclopédia sobre a mesa a poucos centímetros da cabeça dela.

Quando eles se dirigiram para a saída, a bibliotecária já segurava a porta aberta, esperando que eles saíssem para trancar a porta.

– Obrigado – disse Andrew ao passar pela porta.

– De nada – respondeu a bibliotecária, obviamente feliz de ver Jamie e sua família indo embora. – Vocês voltam amanhã?

– Não, não, acho que já conseguimos dar uma olhada em tudo o que queríamos – disse Andrew, segurando a porta para Jamie e Paula.

Ao saírem no ar frio da noite, Jamie se lembrou de que eles tinham chegado à biblioteca quando ainda era dia e de que o pai tinha afirmado que eles não demorariam muito. O garoto deu uma olhada no relógio e percebeu que eles tinham ficado quase seis horas lá.

A casa já era fantasmagórica o suficiente durante o dia, mas à noite ficava ainda mais assustadora. À medida que o pai de Jamie entrava na garagem, o vento ficava mais forte, soprando para o alto as folhas caídas das árvores. Paula fechou o casaco e se preparou para descer do carro em meio ao vento gelado que uivava e zunia ao redor deles. Jamie olhou para as folhas que voavam descontroladas no céu escuro da noite.

O Coveiro

"Até as árvores parecem assustadoras" – Jamie pensou, enquanto saía do carro e corria para a porta da frente da casa.

A porta abriu rangendo lentamente, e, um a um, Jamie, Paula e Andrew entraram no corredor da casa. Quando o pai de Jamie empurrou a porta para fechá-la, algumas folhas foram sopradas para dentro e pousaram nos pés de Paula.

– Vocês dois, subam e coloquem o pijama, enquanto eu ponho a chaleira no fogo – bufou o pai.

Jamie e Paula começaram a subir a longa escada em espiral quando ouviram o pai gritar de dentro da cozinha:

– Jamie, Paula, venham aqui um segundo.

– O que foi agora? – murmurou Paula enquanto ela e Jamie voltavam para o andar de baixo.

Dentro da cozinha, o conde Félix, a Múmia, Wolfie e Lex estavam sentados ao redor da mesa. Jamie já tinha visto isso antes. Significava que era hora de conferência: ou os fantasmas tinham feito alguma coisa, ou estavam prestes a fazer algo. Não demorou muito para ele descobrir que já tinham feito.

– Não fizemos por mal! – exclamou o conde Félix. – Só queríamos nos divertir.

– É verdade, estávamos só brincando. Foi um acidente – continuou Lex.

– O que aconteceu exatamente? – perguntou Andrew.

– Bem, sabem brincar de pula sela? – Wolfie perguntou.

– Sim – responderam Jamie, a irmã e o pai ao mesmo tempo.

– Ah, era algo desse tipo, só que não pulávamos uns sobre os outros.

– Então vocês pulavam por cima do quê? – indagou Jamie.

– Lápides – foi a resposta abafada da Múmia.

– Lápides?! – gritou Andrew. – Ficaram malucos?

Wolfie começou a ficar muito agitado.

– A culpa é dela – ele disse, apontando para a Múmia. – Estávamos nos divertindo até essa coisa desajeitada se enroscar nas faixas e cair em cima de uma lápide.

– Bem, se vocês derrubaram a lápide, suponho que eu vou ter que levantá-la – disse Andrew, furioso.

– É que não foi só uma... – o conde Félix interrompeu.

– Então quantas foram? – Jamie perguntou.

– E-eu a-acho que o total está na casa dos 23 – gaguejou Lex.

– Como vocês conseguiram derrubar 23 lápides? – gritou Andrew.

– Foi um pouco parecido com dominó, sabe quando você coloca um monte de peças em pé em fila e empurra a primeira? – murmurou a Múmia, timidamente.

– Por acaso alguém viu vocês? – Paula perguntou.

Os quatro se entreolharam com expressões muito vagas. Na verdade, nenhum deles reparou se estava sendo observado, então eles não tinham certeza.

– Vocês quatro vão ter que evitar muito chamar atenção, mas MUITO mesmo, pelos próximos dias – Andrew esbravejou. – Concordam?

– Sim – foi a resposta sem graça em coro.

– E isso deve começar agora!

Um a um, eles se levantaram da mesa e atravessaram a parede, desculpando-se quando saíam.

Jamie olhou para Paula.

– Foi um longo dia – ele disse.

– Foi mesmo! – Paula retrucou. – Estou com a estranha sensação de que não ouvimos nem metade da missa...

Capítulo 3

Os eventos da noite anterior não passaram despercebidos no dia seguinte. Todos na casa pareciam no limite, como se estivessem esperando alguma coisa acontecer.

Os quatro "acusados" não deram as caras, obviamente porque não queriam chamar a atenção.

Jamie estava na sala de estar, assistindo a reprises de desenhos animados antigos que não eram nada engraçados. O pai estava na cozinha, lavando a pia cheia de louça do café da manhã. Ele parecia estar a 1.000 quilômetros dali, pois olhava fixamente pela janela com uma estranha expressão no rosto.

Paula estava no quarto fazendo exercícios de dança. A música alta e o sapateado dela podiam ser ouvidos do andar de baixo. Jamie levantou-se e foi até a janela. Lá fora estava um dia bastante chato, e nenhum vestígio de luz solar ultrapassava as nuvens escuras que pareciam ficar suspensas sobre o cemitério o dia todo. Toda vez que Jamie olhava pela janela, ele tinha a sensação de que, de algum lugar entre as árvores e as lápides cobertas de musgo, ele estava sendo observado por alguém.

"Maravilha" – pensou ele. "Até durante o dia esse lugar me dá arrepios."

Então ele virou e se afastou da janela. De repente, o som da campainha ecoou por toda a casa. Até Paula escutou, apesar da batida contínua da música.

"Estranho... Para chegar à porta da frente, a pessoa precisa passar pela janela, e eu estava lá e não vi ninguém chegar pelo portão" – pensou Jamie.

– Será que alguém pode atender a porta, por favor? – gritou Andrew da cozinha.

– Deixa comigo! – Paula gritou, enquanto descia a escada pulando alguns degraus.

O Coveiro

Jamie e Paula gostavam de competir um com o outro em tudo. Por mais boba que fosse a tarefa, um deles tinha que ser o mais rápido, o mais inteligente ou o mais engraçado, contanto que fosse melhor do que o outro em alguma coisa.

Dessa vez foi diferente. Paula venceu a corrida para atender a porta, porque Jamie ficou parado, já que não sabia o que poderia estar do outro lado. Então, não fez questão de atender. Paula pulou os dois últimos degraus e chegou à porta.

– Cheguei primeiro, Jamie – ela disse, olhando para trás para confirmar se Jamie tinha escutado.

Jamie continuou na sala de estar. Paula escancarou a grande porta de madeira e, quando ia dar um passo para fora, deu de cara com um homem alto e magro. A cabeça de Paula estava na altura da cintura do homem, e ela foi erguendo os olhos lentamente.

Ele estava usando robustas botas pretas cobertas de lama e uma calça preta remendada no joelho por dentro das botas. Ela reparou que o casaco dele estava sujo e desfiado na parte de baixo, mas estava difícil enxergar direito, pois o homem usava uma capa preta impermeável muito fedorenta que ia até os joelhos.

Paula olhou para o estranho, mas era difícil ver o rosto dele, porque ele estava com um chapéu preto que fazia sombra. O homem se curvou em direção a Paula, chegando perto do rosto dela. A pele dele era muito pálida, quase fantasmagórica; e o nariz, comprido, pontudo e fino, com grandes narinas.

Paula sentiu um calafrio percorrer sua espinha.

– O seu pai está? – ele perguntou, chegando tão perto do rosto dela que ela sentiu nas bochechas o ar quente da respiração dele. O mau hálito do homem penetrou no nariz dela, e ela viu as manchas amarelas de seus dentes.

– Quem é, filha? – indagou o grito tranquilizador do pai, vindo da cozinha.

– É para você, pai! – ela respondeu, afastando-se do estranho e indo para o corredor.

Jamie foi até a porta da frente. Na mesma hora, o pai veio da cozinha, secando as mãos com uma toalha e pediu a Jamie para segurá-la.

– Permita que eu me apresente – disse o homem ao pai de Jamie. – Meu nome é Ebenezer Krim.

Paula olhou para Jamie. Foi uma das raras ocasiões em que ele viu sua irmã com medo.

– Como vai? Sou Andrew Price – respondeu o pai de Jamie, com educação.

– Vou muito bem, obrigado. Sou o jardineiro do cemitério – ele explicou.

– Como chegou à porta da frente? – perguntou Jamie.

– Vim direto pelo caminho e passei pela janela – disse o homem.

– Não passou, não – Jamie retrucou.

– Você não me viu? – o homem disse. – Eu vi você.

A ideia de que aquele homem o havia observado sem ele saber fez Jamie gelar.

– Quer entrar? Aceita um chá ou um café? – perguntou o pai.

Jamie olhou desesperado para o pai. Por que diabos ele estava convidando aquele homem para entrar na casa deles?

– Eu adoraria tomar um café – foi a resposta.

– Jamie, vá até a cozinha e acenda a chaleira para mim – disse o pai.

Ebenezer Krim entrou no corredor e esfregou os pés no capacho, soltando grandes pedaços de lama seca. Andrew fechou a porta com um baque forte.

Enquanto o senhor Krim ia para a sala de estar, Jamie puxou o pai pelo braço e cochichou:

– Pai, não sei o que acontece com esse homem, mas alguma coisa não está certa.

O pai parecia irritado com ele.

– Cuidado – ele disse –, o senhor Krim pode ouvir.

– Por que você o convidou para entrar? – Jamie indagou.

– Não sei se você está vendo algo que eu não estou, mas para mim o homem parece perfeitamente normal – o pai argumentou.

– Mas ele está mentindo, ele não passou pela janela.

Jamie começou a ficar decepcionado com o pai. Para ele, era óbvio que o senhor Krim era um homem estranho.

– Jamie, se ele não passou pela janela, como chegou à porta da frente? – o pai perguntou.

– Não sei – Jamie respondeu. – É isso que é assustador nele.

– Chega! – disse o pai, com firmeza. – Não há nada de errado com o senhor Krim, você mal o conhece.

– Mas... – disse Jamie, tentando interromper o pai.

– Nada de "mas" – continuou o pai. – Vá esquentar a água como pedi e volte para se juntar a nós na sala de estar.

Jamie não discutiu. Ele sabia que o pai não gostava de ser contrariado. Então, ele foi para a cozinha fazer o que Andrew pediu.

Cerca de dez minutos depois, Jamie voltou da cozinha trazendo uma bandeja com quatro xícaras. Quando entrou na sala de estar, viu o pai sentado numa poltrona; e Paula, em outra.

"Que legal" – ele pensou. "Vou ter que sentar no sofá, ao lado do senhor Krim."

Ele colocou a bandeja na mesa e escolheu sentar-se na outra ponta do sofá, onde o senhor Krim estava.

Enquanto o pai servia o café, o homem misterioso começou a falar.

– Sabe, algumas pessoas por aqui dizem coisas a meu respeito que não são verdade. São pessoas que gostam de espalhar boatos.

– É mesmo? – perguntou Andrew.

– Sim – continuou Ebenezer Krim. – Só fazem isso porque não me conhecem. Geralmente, são crianças. Elas me chamam de assustador ou estranho.

– Não consigo entender por quê... – disse Jamie, tentando parecer sincero. Então, ele percebeu um olhar fulminante do pai para que ele se calasse. Ebenezer Krim aparentemente não notou e continuou.

– Na maioria das vezes, as crianças dizem coisas para esconder a própria culpa.

– Como assim? – perguntou o pai de Jamie.

– Bem, às vezes elas fazem algo que não deveriam, alguma coisa errada. Então, mentem a meu respeito para que eu leve a culpa, e elas escapem da encrenca.

– Que coisa horrível! – disse Andrew.

– Eu sei. E isso me leva ao motivo desta visita. Na noite passada, tivemos problemas no cemitério.

Jamie e Paula se entreolharam, com medo do que o senhor Krim diria em seguida.

– Algumas lápides foram derrubadas – ele continuou.

– Quantas? – perguntou Andrew, tentando agir como se não soubesse de nada.

– Foram 23 no total – respondeu o senhor Krim. – Onde estavam os seus filhos na noite passada, senhor Price? – ele perguntou, desconfiado.

– Meus filhos? – disse Andrew, um tanto confuso. – Jamie e Paula estavam comigo na biblioteca o tempo todo.

– E a que horas vocês chegaram em casa? – o senhor Krim continuou a perguntar, encarando Jamie e Paula com aqueles olhos pequenos e penetrantes.

– Não gosto do que está insinuando, senhor Krim – disse Andrew.

– Nem eu – continuou Jamie. Paula permaneceu em silêncio.

– Os meus filhos ficaram comigo a noite toda – Andrew prosseguiu. – E em nenhum momento eu os perdi de vista. Logo, não foram eles que derrubaram as lápides.

Ebenezer Krim não disse nada. Houve um longo silêncio que deixou Jamie, Paula e o pai muito incomodados. O senhor Krim continuou sentado, encarando todos. Seus olhos lentamente se moviam de Andrew para Paula, e dela para Jamie. Então, ele olhou para a garota.

– Foi você, não foi? – ele gritou. Paula parecia assustada na poltrona sem dizer nada.

– Acho que você precisa ir embora – gritou o pai de Jamie para o senhor Krim. – Já ouvimos o suficiente.

O senhor Krim parecia não escutar. Seus olhos e sua atenção estavam fixos em Paula.

– Você fez isso para se divertir, não foi? – ele disse a ela.

– Não! Não fui eu! – retrucou Paula. – E, só para você saber, foi um acidente.

Jamie estremeceu.

– Bingo! – o senhor Krim gritou, triunfante. – Então foi mesmo você!

Paula ficou nervosa, com medo de ter falado demais.

– Deixe-a em paz – Jamie gritou para o senhor Krim.

Mas o senhor Krim o ignorou mais uma vez.

– Já lhe disse para ir embora – repetiu o pai de Jamie.

– Por que fez isso? – o senhor Krim rosnou para Paula.

– Já disse que não fui eu – ela gritou em resposta.

– Então quem foi? O seu irmão?

Paula não aguentava mais.

– Não, também não foi o Jamie! Foram os fantasmas! – ela gritou para o senhor Krim.

Todos ficaram em silêncio.

– Os fantasmas? – o senhor Krim questionou, com um sorriso malicioso. – Está querendo me dizer que fantasmas malvados derrubaram as lápides?

– Eles não são fantasmas malvados, são bons e são nossos amigos.

– Paula, fique quieta! – Jamie gritou para ela.

O senhor Krim olhou em volta da sala. Os olhares de Jamie e do pai fizeram o homem acreditar que Paula dizia a verdade.

– Eu lhe disse para ir embora, senhor Krim – insistiu Andrew.

Ebenezer Krim não retrucou. Levantou-se, colocou a xícara na mesa e seguiu para a porta da frente. Ao chegar à entrada, virou-se para o pai de Jamie.

– Acredite, senhor Price, essa não foi a última vez que você ouviu a minha voz! – ele afirmou antes de bater a porta.

Todos na sala de estar se sentaram em silêncio, refletindo sobre o que tinha acabado de acontecer.

Agora, o senhor Krim sabia de tudo. Andrew olhou para os filhos e disse:

– Precisamos conversar. Acho que nossos problemas com o senhor Krim estão só começando.

Capítulo 4

– Isso não é nada bom – comentou conde Félix.

Havia vários rostos preocupados à mesa da cozinha, nem todos de seres humanos.

Andrew havia acabado de contar o que tinha acontecido no dia anterior (o dia da visita de Ebenezer Krim), e agora os fantasmas estavam começando a perceber que a brincadeira de pula sela na lápide custaria caro.

Como sempre, quando alguma coisa importante precisava ser resolvida, todos se reuniam em volta da mesa da cozinha, e uma grande discussão começava.

– A culpa é toda minha – murmurou a Múmia pelas faixas de seu rosto.

– Não é não! – disse Jamie. – Acidentes acontecem. A culpa não é de ninguém.

– Sim, mas se eu não fosse tão boca aberta, não estaríamos nesta encrenca – lamentou Paula.

O pai a consolou com um abraço.

– Jamie está certo, filha – ele disse. – A culpa não é de ninguém. Essas coisas acontecem. Só precisamos encontrar um jeito de sair dessa.

Os outros concordaram.

– Acho que o melhor plano seria simplesmente procurar o tal do Krim e pedir desculpas – disse Lex Killon.

– Acho que é tarde demais para isso – Jamie retrucou. – O senhor Krim parecia muito bravo quando foi embora.

O pai de Jamie concordou.

– Sim, acho que Ebenezer Krim quer que todos saibam que ele não tem nada a ver com o que aconteceu com as lápides.

– Então, o que vamos fazer? – perguntou Wolfie.

– Acho que temos que esperar para ver o que acontece – respondeu o pai de Jamie. – O senhor Krim disse que não seria a última vez que o veríamos. Ele descobriu coisas a nosso respeito, então agora cabe a ele decidir o que quer fazer com isso.

Paula levantou da mesa e começou a andar em círculos. Com certeza, ela tinha alguma coisa em mente.

– O que foi, Paula? – Jamie perguntou.

– Estou só pensando… – ela retrucou. – Se as outras crianças da minha classe souberem que conversamos com fantasmas, não falarão mais comigo. Vão achar que sou esquisita.

– Provavelmente já acham – disse Jamie.

– Não tem graça – Paula retrucou.

Jamie às vezes fazia piadas na hora errada, e aquela hora era muito errada.

– Isso não importa agora, Paula – disse o pai. – Não sabemos o que vai acontecer.

– E se eu fosse até a casa do senhor Krim para dar um susto nele? – sugeriu Wolfie.

– Se a casa tiver espelhos, você pode acabar mais assustado do que ele – retrucou o conde Félix.

– Temos que fazer alguma coisa – disse Jamie. – Não podemos simplesmente ficar aqui sentados, esperando que ele chame a polícia ou algo assim.

– Não acho que alguém acreditaria nele – murmurou a Múmia.

Lex Killon tentou dizer alguma coisa, mas, assim que abriu a boca, cuspiu um pouco de água salgada na caneca de café de Andrew.

– Nossa! Sinto muito – ele disse.

O pai de Jamie esvaziou a caneca na pia e sorriu.

– Sem problemas – ele disse.

– Não tenho tanta certeza disso – acrescentou Lex Killon. – Pensando bem, isso é meio improvável.

– Como assim? – perguntou Andrew.

– Veja do ponto de vista das outras pessoas: você comprou uma casa no meio de um cemitério, é uma atitude meio estranha.

Os outros queriam discordar, mas sabiam que Lex estava certo.

– E o chefe da família escreve livros de terror.

Pela primeira vez desde que todos se sentaram, ficou um silêncio na cozinha. Lex fez todos perceberem que o senhor Krim podia mesmo complicar as coisas para o lado deles na nova cidade.

– Acho que a melhor coisa que nós quatro podemos fazer é encontrar outro lugar para ficar – disse o conde Félix.

As palavras dele soaram bem alto por causa do silêncio da cozinha, apesar de ele raramente elevar sua voz.

– Acho que você está certo – concordou Wolfie. – Se formos embora já, talvez as coisas não fiquem tão ruins com o senhor Krim.

– Não! – gritou Jamie, em pânico. – Não queremos que vocês vão embora. Queremos que fiquem aqui conosco.

Jamie quase nunca perdia a calma. Ele não era do tipo que se assustava ou entrava em pânico facilmente. Na verdade, era preciso muito para assustá-lo, mas o olhar estampado no rosto dele dizia a todos ao redor que ele estava com medo de ser abandonado por seus amigos fantasmas.

– Concordo com o Jamie – afirmou o pai. – Temos que ficar juntos. Vocês fazem parte da nossa família, por isso, queremos que fiquem.

– Vocês vão ficar? – Paula perguntou.

Lentamente, um a um, conde Félix, Wolfie, a Múmia e Lex Killon aceitaram ficar, acenando com a cabeça. Eles não disseram nada, mas Jamie percebeu que eles estavam contentes.

– Temos que tomar muito cuidado nos próximos dias – disse o pai de Jamie. – Então, vamos fazer o seguinte...

Jamie se inclinou para a frente na mesa, como os demais, esperando para ouvir o que o pai tinha a dizer.

– Por enquanto, nada de assombrações. Wolfie, se você quiser um hambúrguer vegetariano, vamos buscar para você. Não chegue perto do supermercado.

– Sem problemas! – retrucou Wolfie.

O pai de Jamie continuou:

– Múmia, você precisa ficar longe do Museu do Egito Antigo.

– Mas eu só vou lá para visitar meus primos – ela disse.

– Eu sei – disse Andrew. – Mas não podemos arriscar, alguém pode ver você. O mesmo vale para conde Félix e Lex.

Conde Félix concordou em silêncio. Lex pegou a cabeça com as mãos e também concordou. Depois, recolocou a cabeça sobre a mesa.

Enquanto o pai de Jamie continuava dando instruções para o resto da família, lá de fora Ebenezer Krim os observava.

Muito tempo depois que conde Félix e os outros fantasmas tinham saído, Ebenezer continuava parado no escuro, do lado de fora da casa. Não se mexeu nem uma vez, apenas ficou ali, tomando chuva, observando a casa.

Foi só depois que a luz do quarto de Andrew se apagou que o senhor Krim deu meia-volta e foi embora. Arrastando-se na lama, ele se virou e murmurou:

– Amanhã vocês me pagam. Ah, se me pagam...

Capítulo 5

A porta do escritório da Gazeta de Blackheath se abriu com força e bateu no arquivo, quando a inconfundível figura de Ebenezer Krim entrou com suas botas lamacentas e apertou o sino que ficava sob o balcão.

Seus pequenos olhos redondos examinaram cada milímetro do escritório, passaram por recortes de jornais antigos colados em murais na parede, pilhas de jornais amarrados na mesa, computadores, impressoras, telefones e, por fim, pararam numa manchete emoldurada que dizia "Famoso escritor de terror muda-se para Blackheath", um artigo do jornal da semana anterior a respeito de Andrew Price.

A expressão no rosto de Ebenezer mudava a cada palavra que ele lia. Ele sentia que estava prestes a explodir de raiva. Seus olhos ficaram visivelmente menores com a ira.

– Posso ajudar? – disse uma voz do outro lado do balcão.

Ebenezer levantou o rosto maligno e olhou para o homem. Era óbvio que o homem estava com medo dele.

– Gostaria de fornecer algumas informações para uma reportagem. Meu nome é Ebenezer Krim.

– Sei quem você é – disse o outro homem. – Eu sou Mike Philips, repórter da Gazeta de Blackheath.

O senhor Philips nunca tinha encontrado Ebenezer Krim, nem falado com ele, mas o repórter sabia exatamente quem ele era. Não havia uma só pessoa em toda a cidade de Blackheath que não soubesse quem era Ebenezer Krim.

– Bem, se você é repórter, então é a pessoa que estou procurando – Ebenezer disse a ele. – Acabei de ler esse artigo do jornal da semana passada a respeito do senhor Price.

– Sim, foi uma bela reportagem nossa. Não é todo dia que um escritor famoso e sua família se mudam para Blackheath – o senhor Philips comentou.

Ebenezer Krim não disse nada, apenas inclinou a cabeça para trás, para que seus olhos espiassem o senhor Philips sob o chapéu. Ele encarou o repórter e disse:

– É o seguinte... – seu olhar maligno e o jeito como ele falou provocaram um calafrio na espinha do senhor Philips. – O senhor Andrew Price e o resto da família não são tão gente boa como todos imaginam.

– É mesmo? – retrucou Mike Philips, tentando parecer calmo. – E como é que eles são?

Ebenezer olhou ao redor no escritório e, mais uma vez, parou no artigo sobre Andrew Price.

– E se eu lhe contasse uma história que deixaria todos em Blackheath com vontade de expulsar a família Price daqui?

– Eu lhe pediria para me dar mais detalhes – respondeu o senhor Philips. Agora, o medo dele tinha desaparecido e foi substituído pela curiosidade.

– Vou lhe dizer o que Andrew Price e seus dois pirralhos são: seres com poderes sobrenaturais – continuou Ebenezer Krim. – Eles são amigos de fantasmas do outro mundo.

Atrás do balcão, o rosto do senhor Philips parecia decepcionado e um pouco irritado com o que Ebenezer tinha acabado de lhe dizer.

– Deixe-me ver se entendi – ele disse. – Você está me dizendo que um escritor respeitado e sua família, que acabaram de se mudar para a casa que você queria comprar, conversam com fantasmas? E como exatamente eles fazem isso, senhor Krim? – ele perguntou.

– Não sei! – disse Ebenezer. – Eles devem ter poderes estranhos ou algo assim.

– Uau, isso está ficando cada vez melhor. Eles não só falam com fantasmas, como também são feiticeiros ou algo do tipo – disse o senhor Philips, zombando do senhor Krim.

Ebenezer se inclinou sobre o balcão. A pele branca e pálida de seu rosto ficou tão próxima de Mike Philips que o repórter conseguia ver seu próprio reflexo nos olhos de Ebenezer.

– Espero que você não esteja zombando de mim – disse Ebenezer, cerrando os dentes.

– N-na-não... – o senhor Philips gaguejou, nervoso. – Só acho que poucas pessoas vão acreditar na sua história. Você precisa de provas.

Ebenezer recuou um pouco.

– Provas? – ele estranhou. – Que tipo de provas?

– Alguma coisa que possa fundamentar a sua história – o senhor Philips respondeu. – Como fotos, ou conversas gravadas, coisas assim. Como foi que você descobriu tudo isso?

Ebenezer pensou por um segundo antes de responder:

– Você ficou sabendo do incidente com as lápides alguns dias atrás? – ele perguntou.

– Sim – disse Mike Philips.

– Pois bem, os responsáveis foram os fantasmas amigos da família Price.

– Mais uma vez, senhor Krim, o senhor tem alguma prova? – questionou o senhor Philips.

– Claro que sim! – gritou Ebenezer Krim, começando a ficar irritado com o repórter do outro lado do balcão. – A menina caçula me contou isso na frente dos outros dois.

Mike Philips recuou um passo e respirou fundo. Ele não queria dizer a Ebenezer Krim que essa prova não era suficiente.

– Pense da seguinte maneira, senhor Krim – ele começou. – Existem muitas pessoas nesta cidade que acham você muito esquisito. Algumas pessoas até dizem que você é fantasmagórico.

As narinas de Ebenezer começaram a se alargar de raiva.

– Esse não é o meu caso – disse o senhor Philips, tentando acalmá-lo um pouco –, mas algumas pessoas acham. Agora, se eu publicasse uma matéria chamando o senhor Price e sua família de "amigos de seres de outro mundo" só porque você me contou, ninguém acreditaria.

– É o que vamos descobrir! – anunciou Ebenezer Krim.

– Não posso fazer isso. Preciso de mais provas. Você está interessado em comprar a casa deles, e as pessoas não vão acreditar nas palavras de uma garota de apenas 8 anos de idade.

– E as lápides? – argumentou Ebenezer.

– Quase todos nesta cidade acham que foi você quem derrubou as lápides – respondeu Mike Philips.

Ebenezer lentamente se inclinou sobre o balcão. Gotas de suor escorriam do rosto do senhor Philips.

– Então você está me dizendo – Ebenezer perguntou lentamente – que não vai publicar a história?

– Estou dizendo que não posso – retrucou o senhor Philips, num tom de voz nervoso e rouco.

– Bem, já que você não vai me ajudar a me livrar dessas pessoas, terei que fazer isso sozinho – disse Ebenezer Krim.

Ele lançou um olhar longo e maligno para Mike Philips antes de se virar e sair do escritório.

Assim que ele foi embora, o senhor Philips sentou-se numa cadeira e deu um suspiro alto. Ele esperava que aquela fosse a última vez que veria Ebenezer Krim.

– Boa sorte, senhor Price – ele sussurrou. – Você vai precisar.

Capítulo 6

Era a primeira vez que Andrew via o sol desde que eles se mudaram para a casa nova. Ele havia passado a manhã inteira trabalhando em seu novo livro e resolveu fazer uma pausa.

Enquanto perambulava pelo jardim, ele olhou para o céu, que estava azulzinho, sem nenhuma nuvem à vista.

"Já era hora" – ele pensou. "Até agora só tivemos nuvens escuras, chuvas, raios e trovões todos os dias desde a semana passada."

Os fantasmas não apareceram durante todo o dia. Andrew preparou um café e esperou que eles ficassem longe de encrencas, o que é difícil para quatro fantasmas camaradas com muito tempo ocioso.

Andrew reclinou-se na espreguiçadeira, pegou o jornal e relaxou no sol quente da manhã. Em poucos minutos, estava cochilando.

Jamie costumava brincar sobre a capacidade que seu pai tinha de dormir a qualquer hora do dia. Mesmo depois de uma boa noite de sono, ele conseguia voltar a dormir em poucos minutos.

– Coisas de pais... – Paula dizia. – Se não dormisse o tempo todo, ele não seria um pai normal.

Claro que Jamie discordava, o pai deles nunca foi normal.

– Aaaaahhhh! – os gritos penetraram nos ouvidos de Andrew, que dormia na espreguiçadeira do jardim e despertou no mesmo instante.

Assim que se levantou, ainda tentando acordar, ele olhou ao redor numa tentativa desesperada de ouvir de onde os gritos tinham vindo. Os gritos eram inconfundíveis. Era o Wolfie.

Porém, não foram só os gritos que o despertaram, mas um estrondo distante que se tornava cada vez mais alto. Quando olhou para cima, Andrew viu o que estava fazendo o barulho.

O céu azul havia ficado cinza. Lá no alto, uma imensa nuvem negra que rolava no céu estava vindo na direção dele. Ela se aproximava cada vez mais dele, e os gritos de pavor de Wolfie, conde Félix, Múmia e Lex Killon ficavam cada vez mais altos.

Surgindo do nada, conde Félix passou pela parede e voou pelo jardim em direção a Andrew.

– Ele está vindo atrás de nós! – gritou o conde.

– Quem está atrás de vocês? – Andrew perguntou.

Antes que conde Félix pudesse responder, Lex Killon passou pela parede gritando, seguido pela Múmia. Enquanto eles corriam pelo jardim, Lex deixou a cabeça cair, e a Múmia tropeçou nas faixas.

– Ele está bem atrás de nós! – gritou Lex.

– Vá para dentro! – gritou a Múmia.

– O que está acontecendo? – perguntou Andrew novamente.

– Não dá tempo de explicar – disse o conde Félix. – Entre, agora!

Eles seguiram em direção à porta dos fundos que levava à cozinha. Os gritos de Wolfie podiam ser ouvidos de longe.

– Corra, Wolfie, corra! – gritou Lex Killon. Andrew o empurrou porta adentro, bateu a porta e a trancou.

– E o Wolfie? – perguntou a Múmia. – Como ele vai entrar?

– Do mesmo jeito de sempre: passando através dela – respondeu Andrew, correndo direto para a janela. – Contem a verdade, agora! O que vocês fizeram e quem está perseguindo vocês?

– Não fizemos nada! – gritou o conde Félix. – É Ebenezer Krim, ele está atrás de nós.

– Ele está tentando nos sugar com uma máquina enorme! – disse a Múmia.

Wolfie continuou correndo pela grama a toda velocidade, e nuvens escuras cobriram completamente a casa. Quando Wolfie correu em direção à porta, Andrew percebeu que havia alguma coisa atrás da parede sugando tudo em sua direção. Só podia ser Ebenezer Krim. As árvores do jardim se curvavam para trás com o poderoso aspirador, que arrancava as folhas dos galhos e puxava Wolfie para trás no gramado em direção àquela coisa estranha.

– Continue correndo, Wolfie! – gritou Andrew. – Corra!

E foi assim, correndo quase sem sair do lugar, que Wolfie lentamente chegou à porta dos fundos. De dentro da cozinha, todos os outros viram primeiro as mãos e, em seguida, a cabeça de Wolfie passarem pela porta.

A Múmia correu até ele, agarrou-o pelas orelhas e o puxou para dentro. Com o esforço, ambos caíram no chão.

Andrew se virou e olhou de novo pela janela. Lá fora, as coisas estavam se acalmando. As árvores voltaram à posição normal, e era possível ver apenas algumas coisas sendo sugadas atrás do muro.

Então, de repente, tudo ficou em silêncio.

Andrew conseguia ouvir a própria respiração. Ele se virou e olhou para os outros. Wolfie já tinha se levantado e estava de costas para a porta, ofegante e exausto.

Lá fora, a luz do dia foi sumindo e aos poucos foi substituída pela escuridão. Parecia que alguém estava apagando as luzes lentamente.

Um rosto maligno, conhecido, apareceu em cima do muro. Era Ebenezer Krim. Seu rosto comprido e pálido parecia ainda mais ameaçador do que antes, quando ele subiu no muro segurando uma máquina grande e preta ao lado dele.

O objeto em si parecia ser tão perigoso quanto um aspirador normal, mas tinha mais luzes e fazia mais barulho. Andrew imaginou que aquela era a máquina que Ebenezer estava usando para sugar tudo.

– O que aconteceu lá fora? – perguntou Andrew, voltando-se para os demais.

– Estávamos vindo para cá – respondeu conde Félix –, e ele apareceu do nada, chacoalhando aquela máquina e gritando que iria nos pegar.

– E vocês não estavam causando nenhuma encrenca? – perguntou Andrew, continuando a questioná-los.

– Não, estávamos cuidando da nossa vida! – retrucou Wolfie.

– Acha que ele também consegue ver fantasmas, como Jamie, Paula e eu?

– Não, ele é igual aos outros humanos – respondeu conde Félix. – Só consegue nos ver durante períodos bem curtos.

– Sei que vocês estão aí! – veio o grito da escuridão lá fora. Ebenezer Krim estava sentado no muro segurando a máquina. – Gostaram do meu caça-fantasmas caseiro? Poderoso, não é? – ele riu. Até a risada dele soava horrorosa e terrível, como a gargalhada de um bruxo.

– Esse homem me assusta – disse a Múmia.

Andrew olhou para os outros na cozinha. Eles concordavam com a Múmia. A única pessoa que parecia não ter medo de Ebenezer Krim era Andrew.

– O que você quer, senhor Krim? – gritou Andrew pela janela.

– É bem simples – ele retrucou. – Quero que todos os fantasmas venham até aqui, um por um.

– Por que quer que eles saiam? – perguntou Andrew. – Quer falar com eles?

– Não, senhor Price – foi a resposta. – Quero destruí-los.

Wolfie, o conde Félix, a Múmia e Lex Killon se entreolharam. Ninguém disse nada, mas todos estavam pensando a mesma coisa e não conseguiam esconder: estavam apavorados.

– Nesse caso, senhor Krim, eles não vão sair! – gritou Andrew.

O senhor Krim pareceu não se incomodar.

– Tudo bem – ele respondeu –, posso esperar. A noite toda, se for preciso.

Andrew virou para os demais e disse:

– Nada de pânico, ele está blefando. Vai embora em algumas horas.

Lex Killon tentou falar, mas, como sempre, só conseguiu cuspir um pouco de água salgada no chão.

– Desculpem – ele murmurou.

– Não tem problema – todos murmuraram de volta.

Lex continuou:

– Não tenho tanta certeza. O senhor Krim parece ser um cara bem determinado.

– Bem – retrucou Andrew –, só precisamos ficar aqui até ele resolver ir embora.

– Quanto tempo acha que vai demorar? – perguntou a Múmia.

– O tempo que for preciso – Andrew respondeu.

No dia seguinte, os raios de sol no rosto de Jamie finalmente o acordaram. Sonolento, ele olhou ao redor da cozinha e viu todos dormindo: o pai na cadeira, Paula na mesa e os fantasmas em qualquer lugar que houvesse espaço. Ao voltarem da aula um dia antes, Jamie e Paula não tiveram escolha: ficaram presos com os outros em casa e não podiam sair, porque Ebenezer Krim estava do lado de fora.

Jamie levantou-se e foi até a janela, a tempo de ver o senhor Krim descer do muro e arrastar a máquina pela grama colina acima.

Quando chegou ao topo da colina, ele se virou e viu Jamie na janela. Foram apenas alguns segundos que, para Jamie, pareceram uma eternidade.

Mesmo de longe, Jamie conseguia sentir o riso perverso daquele homem, que se virou e continuou andando.

"Com certeza nos veremos de novo, senhor Krim" – Jamie pensou.

Capítulo 7

Ebenezer Krim não sabia que estava sendo observado. Quando se sentou em sua sala de estar pequena e suja de pó, cheia de ratos que andavam pelo chão e entravam em cada fenda nas paredes, ele desconhecia completamente que, sentado do outro lado da mesa, estava um fantasma.

Não era o conde Félix, nem a Múmia, Lex Killon, ou Wolfie. Era um fantasma que Ebenezer não tinha visto nem conseguia ver agora.

O fantasma tinha dedos compridos, magros e pálidos, o corpo esguio e alongado, o rosto cheio de rugas e marcado por cicatrizes, com buracos pretos no lugar dos olhos.

Ebenezer estava lustrando a máquina e se preparando para destruir alguns fantasmas, como tinha tentado fazer na noite anterior na casa de Jamie. De repente, ele escutou o barulho de arranhões do outro lado da mesa. Imediatamente, parou o que estava fazendo e prestou atenção.

O fantasma que ele não conseguia ver levantou-se da cadeira, flutuou sobre a mesa, indo na direção de Krim, e parou a poucos milímetros de seu rosto.

Ebenezer Krim sabia que havia alguma coisa ali, mas não sabia exatamente o quê.

Então, ele ouviu os arranhões de novo. O fantasma arrastava as unhas compridas pela mesa na frente de Ebenezer, deixando marcas na madeira.

O senhor Krim olhou para os arranhões que estavam aparecendo na mesa e, imediatamente, compreendeu que havia um fantasma na sua frente.

Ebenezer deu um puxão na corrente da máquina de sugar e a colocou para funcionar. Ele chutou a cadeira para trás, apontou o cano na direção do fantasma e apertou o botão de sucção.

Pratos e xícaras quebradas começaram a voar pela sala, com quadros e enfeites. Tudo o que não estivesse preso com parafusos era sugado para dentro do longo cano preto que Ebenezer segurava na mão.

– Hora de morrer, senhor Fantasma! – ele gritou o mais alto possível, enquanto boa parte de sua sala de estar desaparecia dentro da máquina. Mesmo depois que ele desligou a máquina, a sala demorou alguns minutos para voltar ao normal.

Ebenezer estava no meio da sala, com a respiração ofegante e o coração palpitando, e o suor gotejava pela ponta de seu nariz quando ele desligou a máquina.

O rosto dele exibiu um sorriso medonho. Foi a primeira vez que Ebenezer usou a máquina num fantasma. Ele tinha certeza de que a alma penada estava ali dentro.

Então, ele voltou a ouvir o ruído de arranhões, mas desta vez atrás dele. Ebenezer Krim ficou muito bravo.

– Vou rasgá-lo em mil pedaços! – ele gritou, tentando ligar a máquina mais uma vez.

Antes que a máquina começasse a sugar, Ebenezer voou pela sala, arremessado contra a parede, e caiu no chão.

Ele se levantou, cambaleando.

– Onde você está? – ele gritou do outro lado da sala.

Num piscar de olhos, o fantasma surgiu na frente dele, dando-lhe um susto tão grande que ele cambaleou para trás e caiu de novo.

– Nem pense em usar essa máquina de novo! – disse o fantasma.

– Quem é você? – Ebenezer perguntou.

– Sou um antigo funcionário deste cemitério – o fantasma respondeu. – Eu era o Coveiro.

Ebenezer ficou em pé de novo.

– O que você quer? – ele perguntou.

– Quero ajuda para me livrar desses Price – o Coveiro retrucou.

Ebenezer sentou-se, sem tirar os olhos do fantasma por um segundo. Ele odiava fantasmas, mas estava começando a odiar Jamie e sua família muito mais.

– Prossiga... – disse Krim, curioso para ouvir o que o fantasma tinha para dizer.

– Ontem eu percebi o quanto você conseguiu deixar a família Price assustada. Eu achava que nada poderia espantar essa família. Pelo menos fantasmas não conseguiriam – disse o Coveiro.

– Você estava lá ontem? – Ebenezer perguntou. – Nunca vi você.

– Você nunca me viu porque eu não queria que você nem os Price me vissem – continuou o Coveiro.

– Mas os Price veem todo tipo de fantasmas – disse Ebenezer.

– É verdade – disse o Coveiro. – Eles teriam me visto se eu não tivesse aprendido a me esconder. As pessoas só me veem quando eu quero ser visto.

– E os fantasmas? Eles conseguem ver você, não é? – Ebenezer perguntou.

– Conseguem – ele retrucou –, mas eu também posso me transformar em outros fantasmas. Posso me tornar o conde Félix, e ninguém vai saber.

Ebenezer sentou-se por alguns segundos, pensando no que o Coveiro havia acabado de dizer. Então, ele perguntou:

– Por que você quer se livrar da família Price?

O Coveiro flutuou em direção a Ebenezer Krim.

– Quero me livrar deles – ele disse –, porque, desde que se mudaram para aquela casa, eles transformaram a minha vida num inferno! Tudo era muito tranquilo antes de eles chegarem.

O senhor Krim concordou. Pelo menos havia alguém que pensava como ele.

– Se quiser se livrar dos fantasmas que moram com eles, não perca seu tempo com máquinas bobas. Você só precisa se livrar dos Price. Os fantasmas vão segui-los para qualquer lugar – disse o Coveiro.

– Mas os Price não procuram fantasmas como você e depois dão um fim neles? – Ebenezer interrompeu.

– Deixe que eu me preocupo com isso – foi a resposta do Coveiro. – Então, o que me diz? Vai me ajudar a me livrar deles?

Ebenezer olhou para ele com aqueles pequenos olhos malignos e disse:

– E se eu não quiser ajudar?

O Coveiro chegou bem perto do rosto de Ebenezer e respondeu:

– Eu expulso você também.

Pela primeira vez na vida, Ebenezer Krim ficou apavorado e assustado.

– Como vamos nos livrar deles? – o senhor Krim perguntou.

– Na verdade, é muito simples: vamos derrotá-los botando medo neles ou colocando todos para fora!

O Coveiro riu alto, e Ebenezer sentiu que muitas coisas terríveis estavam prestes a acontecer.

Capítulo 8

– Jamie Price, você poderia prestar atenção e parar de olhar pela janela? – gritou a professora pela quarta vez naquela manhã.

Jamie sempre teve problemas de concentração na escola, e a aula de Biologia não era muito animadora.

Ele olhou para a professora e murmurou:

– Desculpe.

A professora aceitou o pedido de desculpas e virou-se para a lousa. Jamie voltou-se novamente para a janela, a fim de ver os outros alunos na aula de Educação Física.

Jamie estava mais do que apavorado pelo que havia acontecido nos últimos dois dias. Ele sabia lidar com fantasmas, mas, com um ser humano esquisito como o senhor Krim, a coisa era totalmente diferente.

Paula também estava assim. No caminho para a aula naquela manhã, ela confessou que tinha a sensação de que alguma coisa ruim estava prestes a acontecer. Jamie lhe disse que era apenas imaginação. O que ele não contou a ela era que ele tinha a mesma sensação.

Enquanto Jamie observava as outras classes, um vulto alto e escuro no canto da quadra chamou a atenção dele. Assim que Jamie percebeu quem era, seu sangue gelou: era Ebenezer Krim.

Ebenezer começou a andar na direção de Jamie, sem desviar seu olhar aterrorizante. O coração de Jamie começou a bater mais rápido, disparando dentro de seu peito. Ele voltou a olhar para a professora, mas ela estava de costas, escrevendo na lousa.

Jamie olhou de novo para Ebenezer Krim. Ele estava tão perto que Jamie conseguia ver o sorriso maligno do homem.

– Jamie Price, pela última vez, preste atenção, por favor! – gritou a professora.

– Por favor, professora! Tem um homem esquisito olhando para mim pela janela. É Ebenezer Krim.

Toda a classe de Jamie se assustou. Todas as crianças da classe sabiam quem era Ebenezer Krim, assim como a professora. Ela atravessou a sala de aula em direção à carteira de Jamie e parou ao lado dele.

– Onde ele está, Jamie? – ela perguntou.

Jamie se virou para a janela, mas Ebenezer tinha ido embora.

– Ele estava bem ali – disse Jamie, apontando para onde o senhor Krim estava.

– Isso é algum tipo de brincadeira, Jamie? – perguntou a professora.

– Não, professora, é verdade – disse Jamie, jurando inocência.

A professora olhou desconfiada para ele e retornou a seu posto na sala de aula.

Jamie olhou de novo para a janela, onde havia visto Ebenezer Krim. Ele não estava em lugar nenhum.

"Mas ele estava lá!" – pensou. "Tenho certeza de que vi o rosto dele."

Enquanto isso, na casa de Jamie, o pai estava montando umas prateleiras na sala de estar. Havia sido uma manhã calma para ele, sem nenhum fantasma por perto. Eles também estavam ocupados demais tentando se esconder para não encontrar Ebenezer Krim e sua máquina de sugar fantasmas.

– Olá! – disse uma voz atrás do pai.

Andrew virou e viu o conde Félix flutuando no meio da sala.

– Oi, conde! Onde está o resto da turma? – ele perguntou.

– Não tenho certeza – respondeu o conde, olhando para o outro lado.

"Que estranho" – pensou o pai de Jamie. "Eles sempre sabem onde os outros estão."

– Gostaria de ter uma palavrinha com você, se possível – disse o conde Félix.

– Claro – respondeu Andrew. – Sobre o que quer conversar?

– Quero conversar sobre mudar de casa – disse o conde Félix. – Andei pensando se não deveríamos nos mudar de novo logo.

Andrew abaixou o martelo e encarou o conde.

– Por que está dizendo isso?

– Para ser sincero, não gosto daqui – ele disse. – Acho que todos ficariam muito mais felizes se a gente se mudasse.

– É muito estranho ouvir isso de você – comentou Andrew. – Normalmente você se adapta bem a uma casa nova.

O conde Félix virou as costas para ele.

– Eu não gosto desta casa. Desde que nos mudamos para cá, foi uma encrenca atrás da outra.

– Isso tem algo a ver com Ebenezer Krim? – perguntou Andrew.

– Naquele dia, eu achei que ele fosse mesmo me destruir – respondeu o conde.

O pai de Jamie percebeu que o conde estava agindo de modo muito estranho.

– Por que não esperamos mais algumas semanas? – ele perguntou. – Pelo menos até a poeira dessa história do Ebenezer Krim baixar um pouco.

O conde Félix virou-se e olhou para Andrew, que já estava martelando outras prateleiras. Antes que o conde pudesse responder, Andrew deu uma martelada na ponta do dedo, que começou a sangrar.

– Aaaiii! – ele gritou. E o sangue continuou escorrendo.

– Você está bem? – perguntou o conde.

– Sim, estou ótimo – disse Andrew. – Foi só uma martelada, nada de mais.

– Já que você está bem, vou seguir o meu caminho – disse o conde, que se virou e saiu pela porta.

Foi só depois que o conde saiu que Andrew percebeu que ele não havia desmaiado ao ver o sangue.

"Deve ser porque ele estava preocupado" – ele pensou. "Ele não parecia ser ele mesmo hoje."

Do outro lado da porta, o conde Félix pairou por alguns segundos. Ele desapareceu quase instantaneamente e, em seu lugar, surgiu o terrível Coveiro. Não era mesmo o conde Félix, era o Coveiro fingindo ser o conde. Por isso, ele não desmaiou quando viu sangue.

O Coveiro voltou a olhar para Andrew através da porta. "Um dia, vou me livrar de vocês de algum jeito" – ele pensou.

Jamie esperou Paula no portão da escola como fazia todos os dias. As aulas da garota não terminavam mais tarde que as do irmão, mas ela sempre ficava muito tempo conversando com as amigas.

Jamie não falou muito no caminho para casa. Ele estava muito preocupado pensando na aula em que tinha visto Ebenezer Krim da janela. Mas Paula sempre percebia quando alguma coisa o incomodava.

– Algo errado, Jamie? – ela perguntou.

– Não – ele respondeu.

Paula já estava bastante assustada com Ebenezer Krim. Jamie não queria piorar a situação.

– É óbvio que tem alguma coisa errada – ela continuou. – Você não disse nenhuma palavra durante todo o caminho para casa e normalmente você não para de falar!

Em qualquer outro dia, Jamie teria respondido ao comentário da irmã com alguma observação engraçada e, antes que alguém percebesse, uma confusão total estaria armada, mas não naquele dia.

– Já disse que não tem nada de errado comigo – ele repetiu.

Quando eles chegaram à entrada do cemitério, Jamie olhou ao redor e mais uma vez viu o assustador Ebenezer Krim vindo na direção dele.

– Paula, está vendo o senhor Krim ali? – disse Jamie, apontando na direção do homem.

Paula ficou de queixo caído de tanto medo.

– Sim – ela respondeu arrepiada.

Agora Jamie sabia que não estava ficando maluco. Ebenezer começou a correr em direção a eles, rindo e gritando para assustá-los.

– Corra, Paula! – gritou Jamie, agarrando o braço dela e saindo em disparada colina abaixo em direção ao cemitério enquanto o senhor Krim os perseguia.

– Pai, socorro! – Paula gritou quando eles chegaram ao portão dos fundos.

O pai saiu da casa correndo.

– Qual o problema? – ele gritou correndo em direção ao filhos.

– Ebenezer Krim está nos perseguindo! – gritou Jamie fechando o portão. Mas, assim como na aula de Biologia, Ebenezer já tinha desaparecido quando Jamie se virou.

– Ele não está em lugar nenhum – disse o pai. – Tem certeza de que vocês o viram?

– Sim, ele estava lá! – respondeu Jamie. – Pergunte para a Paula.

Ambos se viraram para perguntar para Paula, mas ela já estava dentro de casa, olhando para eles pela janela da cozinha.

– Jamie, não tem ninguém lá – acrescentou o pai.

– Estou dizendo, pai, ele estava lá! – disse Jamie, tentando convencê-lo.

Andrew olhou para Jamie.

– Acalme-se, Jamie. Ele já foi embora, não tem ninguém lá. Acho que ele nem estava lá. Você deve estar vendo coisas.

Então, Andrew abraçou o filho e o levou para dentro de casa. Jamie sabia que não havia jeito de convencer o pai de que Ebenezer Krim o perseguia. Quando eles chegaram à porta dos fundos, ele olhou para trás, na direção em que Ebenezer Krim deveria estar. Não havia ninguém lá.

Capítulo 9

O cheiro dos hambúrgueres vegetarianos e de linguiça encheu a cozinha do Jamie. Naquela manhã, era a vez de Jamie preparar o café da manhã, e, um a um, os convidados começaram a chegar.

Andrew foi o primeiro. Ninguém gostava tanto de um café da manhã bem preparado quanto ele.

– Hum! – ele disse assim que tomou seu lugar à mesa. – O cheiro está ótimo, Jamie.

Paula e Lex Killon, quem segurou a porta para ela, chegaram na mesma hora.

– Bom dia, Lex! – ela disse, passando rapidamente por ele.

Lex tentou responder, mas, como de costume, só conseguiu cuspir um pouco de água salgada. Ele não precisou se desculpar. Antes que tivesse a chance, todos sabiam o que estava por vir e disseram: "Não tem problema".

– Alguém viu Ebenezer Krim, aquele cara medonho, recentemente? – perguntou Lex, puxando a cadeira.

– Jamie acha que o viu algumas vezes ontem – o pai respondeu.

– Eu o vi – disse Jamie, virando os hambúrgueres de linguiça na frigideira, de costas para os outros que estavam à mesa.

– Quem você viu? – perguntou a Múmia enquanto deslizava pela porta dos fundos até uma cadeira.

– Ebenezer Krim – Paula respondeu.

– Ora, eu não ligaria se não o visse nos próximos 2 mil anos – a Múmia murmurou através de suas faixas.

O conde Félix se juntou a eles na cozinha.

– O café da manhã está com um cheiro bom hoje, Jamie – ele disse antes de sentar-se à mesa também.

– Fica pronto num segundo – retrucou Jamie.

– Ontem, fomos perseguidos por Ebenezer Krim da escola até em casa – Paula anunciou.

– O quê? – retrucou o conde Félix. – Ele perseguiu vocês até em casa?

– Paula, discutimos isso na noite passada. Não temos certeza se foi Ebenezer Krim que seguiu vocês – disse o pai.

– Foi ele sim! – Jamie afirmou com convicção.

O último a se juntar ao grupo do café da manhã foi Wolfie. Ele deslizou em silêncio e sentou-se à mesa sem dizer nada, o que era estranho para ele, que sempre tinha muito a dizer, mesmo que fosse de manhã.

Jamie andou em direção à mesa com uma pilha de hambúrgueres vegetarianos e de linguiça no prato.

– Sirvam-se todos! – Jamie disse, colocando o prato no meio da mesa.

– Qual o problema, Wolfie? Está deprimido? – perguntou Lex Killon.

– Acho que estou de saco cheio... – respondeu Wolfie.

– Com o que exatamente? – perguntou o pai.

– Com tudo, na verdade – ele disse. – Com esta casa nova, com Ebenezer Krim tentando nos pegar, com tudo.

– Não deixe isso afetar você, Wolfie – disse o conde Félix. – Uma hora, você se acostuma.

Andrew parecia confuso. No dia anterior, ele tivera a mesma conversa com o conde Félix, ou com quem ele achava que era o conde Félix, e agora ele estava agindo de modo totalmente diferente.

– Você mudou de ideia rápido... – disse Andrew para o conde, que ficou confuso.

– O que quer dizer? – perguntou o conde.

– Você não queria se mudar também?

O conde olhou para Andrew.

– Quando eu disse isso? – ele perguntou, parecendo ainda mais confuso.

– Posso pegar um desses hambúrgueres? – berrou Wolfie, bem mais alto do que precisava, tentando mudar de assunto, como se tivesse alguma coisa para esconder.

– Claro que pode – Paula retrucou. – Você não precisa pedir, sabe disso.

Jamie olhou desconfiado para o Wolfie. Ele sabia que alguma coisa estava errada, mas não sabia exatamente o quê.

Wolfie se esticou e pegou um hambúrguer do prato de Paula.

Sem pensar, deu uma mordida e começou a mastigar.

– Wolfie! – a Múmia gritou.

– O que foi? – ele retrucou.

– Você está comendo um hambúrguer de linguiça!

– E daí? – perguntou Wolfie.

– Não é um hambúrguer vegetariano! – retrucou a Múmia. – E você é vegetariano.

Wolfie olhou para todos ao redor da mesa. Todos o encararam.

Jamie sabia que alguma coisa não batia, mas, antes que ele pudesse questionar Wolfie, o fantasma se levantou da mesa e correu para a porta berrando:

– Acho que vou vomitar.

Todos, menos Jamie, riram da estupidez de Wolfie.

– Tem alguma coisa acontecendo aqui – Jamie disse para os outros.

– É mesmo! – retrucou Paula. – Ele comeu metade de um hambúrguer de linguiça e agora está passando mal. Que bobo...

Quando Wolfie voltou, parecia outro. Para Jamie, era óbvio que não era o mesmo que tinha saído pela porta. Esse Wolfie parecia bem, mas um pouco assustado com toda a atenção que havia despertado.

– Você está bem agora? – perguntou Andrew.

– Estou ótimo, obrigado – respondeu Wolfie, parecendo confuso.

– Ainda está se sentindo enjoado? – Lex Killon perguntou a ele.

– Enjoado? – estranhou Wolfie. – Por que eu estaria enjoado?

– Essa não! – disse Paula. – Ele comeu tanto que está se esquecendo das coisas.

Os outros riram. Até Wolfie riu, embora não soubesse exatamente do que estava rindo. Mas, de qualquer forma, ele riu.

O Coveiro

Lá fora, Ebenezer Krim estava observando a casa de novo. O Coveiro surgiu ao lado dele, com a mesma aparência do Wolfie. Não foi o Wolfie quem deu a mordida no hambúrguer de linguiça, foi o Coveiro fingindo ser ele.

– Acho que precisamos tomar uma providência mais drástica – disse o Coveiro num tom de voz ameaçador. – Eles estão ficando desconfiados agora, e eu os quero fora dessa casa hoje à noite.

Ebenezer Krim não disse nada, apenas virou e observou a casa, com aquele sorriso medonho e assustador lentamente se abrindo no rosto. Não demorou para que começasse a dar gargalhadas.

Capítulo 10

Os relâmpagos iluminavam a janela do quarto de Paula, que foi forçada a puxar as cobertas até o queixo.

Assim como na primeira noite em que eles chegaram, houve outro corte de energia. Mas, desta vez, todos estavam cansados demais para brincar de esconde-esconde. Então, resolveram ir dormir cedo, já que não podiam assistir à televisão.

Paula não quis contar nada para Jamie quando eles subiram a longa escada em espiral, mas ela havia ficado o dia todo com uma terrível sensação de que algo terrível aconteceria naquela noite.

Talvez, se ela tivesse dito alguma coisa, Jamie poderia ter lhe contado que teve exatamente a mesma sensação. Ela deitou na cama em meio à escuridão total, contando os segundos entre os relâmpagos e as trovoadas.

Paula não estava contente na casa nova, mas ela, assim como Jamie, continuava se esforçando para agradar ao pai. Conforme ela virava a cabeça para o lado, a cada relâmpago ela via a chuva escorrendo fininha pelo vidro da janela. Seus olhos foram ficando pesados, muito pesados. O sono tomou conta de Paula, que começou a cochilar.

Não foi apenas o estrondo que a acordou, mas também o fato de que algo havia se mexido embaixo da cama dela. Enquanto ela abria os olhos lentamente, sentiu a mesma coisa.

A cama de Paula levantou um pouco e caiu de novo no carpete. Ela se sentou, e a cabeceira da cama começou a levantar cada vez mais alto e a descer cada vez mais rápido.

Então, aquilo parou subitamente.

"Eu sabia" – pensou Paula. "Deve ser o Wolfie ou a Múmia embaixo da cama tentando me assustar."

Lentamente, ela engatinhou até o pé da cama, puxou os lençóis o mais rápido que pôde e enfiou a cabeça embaixo da cama.

– Peguei você! – ela gritou, esperando ver um dos seus amigos fantasmas. Mas não havia ninguém embaixo da cama dela.

"Aonde ele foi?" – ela pensou, enquanto se sentava. Em seguida, sentiu a mesma coisa.

Desta vez, a cama levantou bem alto e caiu de volta com um baque forte. Paula começou a ficar assustada.

"Se é um fantasma, por que não posso vê-lo?" – ela pensou.

– Quem está aí? – ela gritou, mas a resposta foi o silêncio, não houve nenhum barulho.

Como Paula estava mais atenta a ruídos estranhos, ela não percebeu quando a cabeceira de sua cama começou a levantar de novo. Então, a cama caiu com um baque forte; levantou e caiu de novo, levantou e caiu, levantou e caiu.

– Pai! Jamie! Socorro! – Paula gritou várias vezes. Então, a porta foi escancarada, e imediatamente a cama caiu no chão e não mexeu mais.

O pai estava na soleira da porta, e Jamie, atrás dele.

– O que foi, Paula? – ele gritou, enquanto os dois corriam até a cama dela.

– Tem alguma coisa embaixo da minha cama, pai. Não sei o que é, não consigo ver – ela disse.

Jamie olhou embaixo da cama e não viu nada lá.

– Não tem nada embaixo da sua cama, Paula – ele disse para a irmã mais nova.

O pai segurou Paula nos braços.

– Você teve um pesadelo, Paula, só isso – ele tentou acalmá-la. – Todos têm pesadelos.

– Não foi um pesadelo, pai – ela disse. – Foi real: a cama estava levantando e caindo muito rápido.

O pai viu os olhos dela cheio de lágrimas e disse:

– Não foi real, Paula, apenas parecia real, só isso.

Jamie deu outra olhada embaixo da cama, mas desta vez olhou por mais tempo. Sem levantar a cabeça, ele disse ao pai:

– Pai, acho que você deve dar uma olhada nisso.

O pai de Jamie se abaixou ao lado de Jamie e olhou embaixo da cama. Jamie apontava para as marcas que os pés da cama haviam feito no carpete. Eram muitas. Obviamente, a cama da Paula havia se mexido muito.

– Paula, não quero que entre em pânico – disse o pai. – Devagar, saia da cama e fique atrás de mim.

Jamie e o pai se levantaram e, lentamente, começaram a andar em direção à porta, com Paula logo atrás deles. O quarto continuava escuro, e era muito difícil ver o caminho. A cada relâmpago, Jamie podia, por uma fração de segundo, ver o quarto inteiro iluminado. Quando Jamie se virou para ver o pai e a irmã, um relâmpago iluminou alguma coisa que estava flutuando na outra ponta do quarto.

Jamie não conseguiu ver o que era, mas sabia que aquilo estava se aproximando cada vez mais.

– Cuidado, filho! – gritou o pai, empurrando Jamie para fora do caminho.

Jamie caiu e escutou uma pancada, e o pai caiu em cima dele. Jamie viu que um vaso havia acertado seu pai, que ficou inconsciente. Paula parou no meio do quarto, gritando a plenos pulmões. Todas as coisas ao redor dela estavam sendo atiradas nas paredes: porta-retratos, enfeites, brinquedos.

– Socorro, Jamie! – ela gritou.

– Não posso ajudar, Paula, estou preso. O papai caiu em cima de mim e não consigo sair – ele gritou em resposta.

No meio da confusão, Jamie ficou feliz ao ver o rosto de um amigo: era Lex Killon.

– Vou ajudar você! – ele gritou, tentando tirar Andrew de cima de Jamie.

Logo atrás do garoto, algo escancarou a porta do quarto de Paula, e na soleira da porta estava Ebenezer Krim com sua máquina amarrada nele.

– Deixe-nos em paz! – gritou Jamie.

Ele olhou para Jamie e Lex Killon no chão, e depois para Paula, que estava gritando no meio do quarto.

– Não era para ninguém se machucar, Coveiro – gritou Ebenezer em meio ao barulho.

– Saia daqui, Krim! – bradou uma voz grave em meio à escuridão do quarto de Paula, e algo bateu e fechou porta do quarto de novo.

Jamie viu que Ebenezer Krim havia bloqueado a porta com o pé. Ebenezer desatou a máquina do corpo, ligou e a jogou para Jamie dentro do quarto.

– Jamie, use isso! – ele gritou.

– O que eu faço? – Jamie perguntou.

– Aperte o botão e aponte para o Coveiro.

Jamie esticou a mão, mas não conseguiu alcançar a máquina. Ele teve que empurrar o pai um pouco para finalmente conseguir pegá-la.

Ao girar a máquina ao seu redor, ele viu dois Lex Killon lado a lado. O da esquerda gritou:

– Jamie, mate o outro! Eu sou o verdadeiro Lex!

– Não, Jamie – o da direita gritou. – Eu sou o verdadeiro Lex!

Paula gritava desesperadamente. Jamie olhou para um Lex e depois para o outro, mas não conseguiu distingui-los.

– Vamos, Jamie. Mate-o agora! – gritou o Lex da esquerda.

Jamie apontou a máquina para o outro.

– Não sei quem é quem! – Jamie gritou para o senhor Krim.

– Então, sugue os dois… – ele gritou.

Enquanto Jamie se preparava para ligar a máquina, o Lex da direita tentava dizer alguma coisa. Um forte relâmpago iluminou o quarto, e Jamie o viu cuspir um pouco de água salgada.

– Isso é o suficiente! – ele gritou, apertando o botão e apontando a máquina para o da esquerda, sugando-o antes que ele pudesse escapar.

– Desligue isso! – gritou o verdadeiro Lex Killon, que se segurava no guarda-roupa de Paula para não ser sugado para dentro da máquina também.

Jamie desligou a máquina, o quarto ficou em silêncio. Paula parou de gritar, e o pai acordou. Jamie virou-se para Ebenezer Krim e disse uma coisa que jamais pensou que diria:

– Obrigado.

Capítulo 11

– Essa é a última – disse Andrew, enquanto colocava a última caixa no bagageiro do carro.

Jamie e Paula estavam contentes. E não era só porque o Coveiro tinha sumido. Todos, inclusive os fantasmas, estavam aliviados, pois não teriam mais que morar naquela casa.

Como uma forma de agradecer a Ebenezer Krim, que salvou a vida deles, o pai de Jamie concordou em vender a casa do cemitério para ele.

Quando o carro saiu da garagem pela última vez, com Jamie, o pai e a irmã dentro, Jamie olhou para trás e viu a casa que tinha sido seu lar por tão pouco tempo.

Ele não estava triste por ir embora. Queria apenas dar uma última olhada. Ebenezer Krim estava no portão, vendo a família Price partir.

Mesmo tendo a casa que sempre quis, ele não sorriu. Apenas ficou parado no portão, olhando para os Price.

– Então, pai, onde fica a casa nova? – Paula perguntou.

– A mais ou menos uns 2 quilômetros daqui – respondeu o pai. – E é surpresa!

– Não pode nos dizer mais nada? – Jamie quis saber.

– Só vou contar uma coisa – ele disse. – Antes, ela era uma igreja antiga.

– Uma igreja antiga! – Jamie e Paula gritaram juntos.

– Você ficou louco? – perguntou Jamie.

O pai riu. Olhou para eles pelo retrovisor, deu aquele velho sorriso bobo, deu uma piscadinha e disse:

– Puxa, crianças... Confiem em mim!

Jamie e Paula se entreolharam, incrédulos.

– Essa não! – disse Paula. – Lá vamos nós de novo...

Esperamos que você tenha gostado desta história de Edgar J. Hyde. Aqui estão outros títulos da série *Hora do espanto* para você colecionar:

A colheita das almas
O doutor Morte
O escritor fantasma
O espantalho
Feliz dia das bruxas
O piano

A Colheita das Almas

Os Grimaldi, uma assustadora família com maus comportamentos e que sempre se veste inteiramente de preto, mudam-se para a vizinhança de Billy e Alice.

Logo depois, a mãe, o pai e seus vizinhos começam a agir de maneira muito estranha, como se de repente eles se tornassem malvados. As crianças e seus amigos, Ricky e Alex, logo são as únicas pessoas normais que sobram no bairro, em meio a ladrões, encrenqueiros e matadores.

A cidade toda, controlada pelos Grimaldi, não demora a perseguir as quatro crianças para capturar suas almas e completar a "colheita".

O Doutor Morte

Alguma vez você já foi ao médico com uma doença sem importância só para descobrir que iria piorar muito em seguida?

É exatamente isso o que acontece com Josh Stevens e seus amigos. Eles deixam de ser uma turma de adolescentes saudáveis para se tornarem despojos pustulentos, fedidos e ensebados, depois que, por coincidência, passam por uma consulta com o encantador e elegante doutor Blair. As espinhas medonhas de Josh vão colocar em perigo o futuro encontro dele com a adorável Karen, mas existem "remédios" muito mais sinistros no armário do "bom" médico.

Será que Josh e seus amigos conseguirão impedir o doutor Morte de realizar seu plano funesto?

O Escritor Fantasma

Charlie é um aluno com talento para escrever, mas nem mesmo ele consegue se lembrar de ter escrito todas aquelas palavras que aparecem em seu bloco de notas!

Parece que uma história está sendo contada nas páginas do texto manuscrito, mas quem está fazendo a narrativa e por quê?

O diretor da escola de Charlie está se mostrando um pouco interessado demais no bloco de notas e não parece muito contente. Conforme Charlie investiga, descobre que as coisas são piores do que ele jamais poderia imaginar. Você alguma vez já se assustou com o diretor de sua escola?

Eu quero dizer: ficou realmente assustado?

O Espantalho

Não é raro pessoas se tornarem fortemente apegadas ao lugar onde nasceram... Mas um espantalho?

Uma série de acidentes misteriosos na nova fazenda da família Davis faz David suspeitar de que há uma relação entre eles. Será que existe alguém, ou alguma coisa, por trás desses eventos macabros?

Quanto mais David investiga, mais ele quer manter a boca calada... Até que o terrível segredo do espantalho seja revelado!

Feliz Dia das Bruxas

Samanta, Tiago e Mandy são irmãos. Os pais deles decidem descansar um pouco em uma tranquila aldeia no fim de semana do Dia das Bruxas. Os adolescentes estão muito preocupados, pois ficar em uma aldeia chata vai estragar a brincadeira de travessuras ou gostosuras.

Com certeza, o Dia das Bruxas será bem diferente do normal, mas longe de ser uma chatice!

Samanta descobre um velho livro de feitiçaria e rapidamente percebe que é capaz de controlar perigosos poderes. Então, ela é levada para um mundo terrível e sinistro de magos e bruxos, e precisa escapar de lá ou perderá a vida.

O Piano

A família Houston acredita ter encontrado uma grande pechincha quando compra um belo piano por um preço muito baixo.

Mas o piano parece ter vontade própria. Na verdade, não importa qual música as pessoas tentem tocar, ele sempre executa sua própria e triste melodia.

O que o piano tenta dizer ao mundo?

Será que os Houston levaram algo mais além da pechincha?

E quem seria o compositor da bela, mas perturbadora, música que o piano insiste em tocar?

Conheça outros títulos da coleção